AF300223

LES ABDERITES,

COMEDIE EN VERS.

En un Acte, avec un

PROLOGUE.

A LA HAYE,

Chez ANTOINE VAN DOLE,

MDCCXXXVII.

A

SON ALTESSE

SERENISSIME

MADAME

LA DUCHESSE

DOUAIRIERE.

 *ADAME,*

*L*E *sort de cette Comédie honoreroit les Ouvrages du prémier Ordre. Uniquement faite dans l'espérance qu'elle seroit représentée devant* VOTRE ALTESSE SERENISSI-

A 2

ME,

ME, elle a paru attirer son suffrage, & pour comble de succès, Vous m'accordez, par l'honneur de Vous la dédier, la gloire de Vous en renouveller publiquement l'hommage. J'éprouve avec une profonde reconnoissance, que le zèle peut être aussi bien recompensé que le mérite ; mais ce même zèle, animé par les bontez de VÔTRE ALTESSE SERENISSIME, ne pourroit-il pas se plaindre des bornes qu'Elle lui impose. Il Vous a déplû dans la seule représentation que Vous avez permise du Prologue de cette Pièce ; parce qu'il a osé Vous parler de Vous-même ? On n'a que des véritez flatteuses à Vous faire entendre, & Vous n'aimez pas qu'on Vous en entretienne. Cependant ces graces de l'esprit, cette douceur de caractère, cette ame sensible à l'amitié ; toutes ces qualitez si heureusement rassemblées dans Monseigneur le Comte de Clermont, & que mon devoir (pour le bonheur de ma vie) me met tous les jours plus à portée de connoître : Vous les entendez vanter avec plaisir, sans songer que ressemblant, comme il fait, par un grand nombre de traits à son auguste Mere, toutes les loüanges qu'il mérite, sont autant d'Eloges pour Elle. Voilà donc une carriere que Vous ne pouvez interdire à mon zèle : Cette manière de Vous

loüer,

loüer, la seule qui Vous soit agréable, me don-
nera chaque jour de nouveaux sujets de Vous
plaire; & Vous fera approuvèr l'attachement &
le très profond respeét avec lequel je suis,

M A D A M E

DE VOTRE ALTESSE SERENISSIME,

Le très humble, & très
obéiffant ferviteur,

* * *

A 3   AP

APPROBATION.

J'Ai lû par l'ordre de Monſeigneur le Garde des Sceaux, *la Comédie des Abdérites*, & j'ai cru que l'impreſſion en ſeroit agréable au Public. Fait à Paris ce 19. Août 1732.

FONTENELLE,

LES

LES
ABDERITES,
COMEDIE EN VERS.

ACTEURS.

NICANDRE, *prémier Sénateur d'Abdere.*

ANAXIMENE, } *Collegues de Nicandre.*
PHORBAS,

MIRTO, *femme de Nicandre.*

CARITE, *fille de Nicandre & de Mirto, promise
à Lisis.*

LISIS, *jeune Citoïen d'Abdere, Amant de Carite.*

ARISTEME, *Abdérite, amoureux de Carite.*

TERGALION, *Envoïé de Sardis.*

DROMON, *Valet de Lisis.*

UN ESCLAVE *de Nicandre.*

*La Scene est à Abdere dans un Vestibule de la
Maison de Nicandre, où le Sénat s'assemble.*

LES
ABDERITES,
COMEDIE.

PROLOGUE.

THALIE, VENUS.

THALIE.

JE verrois sans émotion
Mes talens décriez & ma gloire flétrie!
Comment on traite de folie
La plus sage occupation,
L'art de jouër la Comédie!
Ah! vous voilà, Venus.

VENUS.

Eh qu'avez-vous, Thalie?

THALIE.

Du dépit.

VENUS.

Du dépit! vraiment,
Vous en parlez modestement;
Vous me paroissez en furie.

A 5

THA.

T H A L I E.

Vous ignorez apparemment,
  L'affront fanglant qu'on va me faire.
Je parus autrefois dans la ville d'Abdere ;
Ses habitans, d'abord, gens de goût & charmans,
  Enchantez de mes agrémens,
Firent de déclamer leur principale affaire.
Aujourd'hui fur la Scene, hélas ! le croiriez-vous,
Contre moi l'injuftice éclate fans limites :
Mes antiques fujets, ces heureux Abdérites,
Parce qu'ils m'adoroient, font mis au rang des fous !

V E N U S.

Ce jugement doit-il vous caufer des allarmes ?
Un Eloge pour vous eft une trahifon ?
Prouver qu'on vous chérit jufqu'à la déraifon,
C'eft vous accréditer, c'eft illuftrer vos charmes.

T H A L I E.

Mon régne fleuriffoit, j'avois l'efpoir flatteur,
De voir chaque mortel amoureux de Thalie,
Tour-à-tour avec zèle acteur ou fpectateur :
  Peut-on mieux partager fa vie ?
Mais quels triftes revers : j'ai de nouveaux fujets
  Qui me trahiffent fans fcrupule ;
Eux-mêmes à l'envi tournent en ridicule
  Tous les dons que je leur ai faits.

V E N U S.

Hé bien ! de ces ingrats, il faut punir l'outrage.

T H A L I E.

Doïs-je de mes talens leur ôter le partage ?

V E N U S.

Non : vengez-vous plutôt par de nouveaux bienfaits ;
Dans ce jour même, il faut que votre art les infpire
  Plus heureufement que jamais.
Ils étendront vos droits en croïant les détruire,

Et

Et vous les punirez par leurs propres ſuccès.
Vous pouvez acquérir la gloire la plus belle :
Une Divinité plus puiſſante que nous,
   Qui ſert aux Graces de modéle,
Conſent à voir ces jeux préparez malgré vous.
   Vous l'éprouverez ; ſa préſence,
   Et ſes applaudiſſemens,
Furent toujours des plus parfaits talens, .
   La ſource & la récompenſe ;
   Au plaiſir de l'admirer,
   Sans effort toujours fidelle,
On ſe voit effacer par elle,
On ne ſçauroit en murmurer :
Le ſort a pris ſoin de l'orner
D'un charme dans l'eſprit & dans le caractère,
   Qui nous force à lui pardonner,
   D'avoir mieux que nous l'art de plaire.

T H A L I E.

Ah ! que vous m'inſpirez l'ardeur de réuſſir :
La piéce eſt préparée, allons, qu'elle commence ;
Mais contre les Acteurs il faut me ſecourir :
Les applaudir, fera leur peine & ma vengeance ;
   Vous ne ſçauriez trop les punir.

Fin du Prologue.

S C E-

SCENE PREMIERE.

LISIS, DROMON.

LISIS,

Mais Dromon, ès-tu fou?

DROMON,

J'en ai tout l'air, d'accord;
Mon discours; j'en conviens, a l'entiere apparence,
De la plus haute extravagance:
Je vous fais cependant un fidele rapport.

LISIS.

Répons, mais nettement; la lettre
Qu'à Nicandre il falloit remettre?....

DROMON.

Votre billet à Nicandre est rendu.

LISIS.

Hé bien, qu'a-t-il répondu?

DROMON.

Le voici mot pour mot, je l'ai bien retenu:
Seigneur, concevez-vous l'horreur qui me possede?
Un monstre, ah quel Epoux pour ma fille Andromede!

LISIS.

Va dormir, va.

DROMON.

Je veille & parle de bon sens.

LISIS.

LISIS.
L'yvreſſe quelquefois met dans l'eſprit des gens
Une bizarre rêverie.

DROMON.
Ah! que ſi je l'oſois je ſerois en furie.
Comment! Seigneur, j'aurai raiſon
Pour la prémiere fois peut-être de ma vie,
Et n'en joüirai pas?

LISIS.
De bonne foi, Dromon,
Di-moi quelle vapeur t'a troublé la mémoire?

DROMON.
Ecoutez-moi patiemment,
Et malgré-vous, vous m'allez croire:
Comment aurois-je oublié,
Que dès le grand matin, chagrin, eſtropié,
Je ſuis à votre ſuite arrivé dans Abdere,
Où tout dormoit tranquillement,
Où je peſtois contre vous de colere,
De n'en pouvoir faire autant.

LISIS.
Fort bien.

DROMON.
Je conte exactement.
Impatient, comme à votre ordinaire,
Ne m'avez-vous donc pas envoïé bruſquement,
Chez votre futur Beau-Pere,
Chez Nicandre? Avoüez...

LISIS.
Qui te dit le contraire?

DROMON.
Ecoutez-moi toujours: chez Nicandre arrivé,
N'ai-je pas trouvé
Mirto ſon Epouſe ſi chere,

Qui

Qui m'a reçû d'un air plein de bonté;
　　L'agréable caractère!
　Elle auroit la docilité
　De parler un an fans fe taire.

L I S I S.

Après ?

D R O M O N.

　　Voici le vrai nœud de l'affaire:
Lorfqu'à Nicandre enfin je me fuis préfenté,
Je ne mens pas d'un mot, il étoit ajufté;
　Il m'a parlé d'une manière
　Véritablement finguliere,
　Pour foutenir la gravité
　Du prémier Magiftrat d'Abdere.

L I S I S.

Ah! te voilà dans ta chimere.

D R O M O N.

Tenant un Sceptre en main, marmotant de grands mots,
Il étoit tranfporté d'une plaifante yvreffe:
Tantôt il me traitoit de vainqueur, de héros,
Et le moment d'après, il m'appelloit Princeffe.

L I S I S.

Pauvre Dromon! Cerveau pour jamais éventé.

D R O M O N.

Seigneur, j'ai pour garant, outre ma probité,
　Mirto fa femme, & fa fille Carite:
　Ah les voilà! Quelle félicité!
　Vous l'allez voir; la vérité
　Eft ma vertu favorite.

S C E-

SCENE II.

LISIS, DROMON, MIRTO, CARITE.

CARITE *(appercevant Lisis du fond du Théatre.)*

Maman, c'est Lisis! je le voi.

LISIS *(à Carite.)*

Je vous retrouve enfin,

(à Mirto.)

De grace apprenez-moi...

MIRTO.

J'ai bien à vous conter sans doute;
Vous arrivez apparemment ?

LISIS.

(à Mirto.) (à Carite.)
Oui. Mon cœur!

MIRTO.

Mais enfin, dites-moi donc comment
Vous vous trouvez de votre route;
Vos affaires, votre santé,
En êtes-vous content, tout a-t-il bien été ?

LISIS.

Mirto, je vais d'abord...

MIRTO.

Il faut ne me rien taire.

CARITE.

Lisis.

LISIS.

Ecoutez un récit,
Que ce maraud vient de me faire.

C A-

CARITÉ.
Vous parlez toujours à ma mere,
Vous ne m'avez encor rien dit.

LISIS.
Je soupire, je crains, c'est vous parler, Carite.

MIRTO.
Un bizarre malheur depuis peu nous agite.

LISIS.
Quel est ce chagrin si pressant?

MIRTO.
Depuis que vous êtes absent,
Mon pauvre Epoux! Quelle manie!
Un charme de la Thessalie,
Car cela ne se peut sans un enchantement,
L'a fait passer en un moment,
De la raison à la folie.

DROMON (à part.)
Dromon est un yvrogne.

LISIS (fait signe à Dromon de se retirer.)
Ah quel évenement!
Nicandre étoit la raison même:
Tourner à la folie, & dans si peu d'instans!

CARITE.
Jugez s'il est dans son bon sens:
Il ne veut plus que je vous aime.

LISIS.
Quel excès! que m'apprenez-vous!

MIRTO.
Il s'est engoué d'Aristeme.
De ma fille peut-être, il en fera l'Epoux.

CARITE.
Je ne voudrai jamais.

LISIS.
Que devient sa parole?

Entre

Entre nous tout eſt concerté.

MIRTO.

Depuis l'enchantement dont il eſt tourmenté,
Le reſte lui paroît frivole.

LISIS.

Quoi ! de la République un prémier Magiſtrat,
Nicandre, à nous régir homme ſi néceſſaire !
Son malheur s'il eſt ſçû fera bien de l'éclat.

MIRTO.

Bon, hors nous, ſa manie ici n'étonne guére,
Preſque tous les cerveaux d'Abdere,
Sont en auſſi mauvais état.

LISIS.

Voici bien un autre myſtere !

MIRTO.

Ah c'eſt une contagion !
Oui, j'en reviens toujours à ma réflexion ;
L'art de la Theſſalie entre dans cette affaire.
Tenez, voici l'occaſion
De cette malédiction,
Dont Abdere jamais n'avoit connu d'exemple.
Des Etrangers dans le Cirque un matin,
Dreſſerent à nos yeux une eſpece de Temple :
L'eſpace n'étoit pas fort ample ;
Mais leur art les ſervit ſi bien,
Qu'aïant faſciné notre vûë,
Nous vîmes un Palais d'une immenſe étenduë,
Puis des monts, des rochers, & puis de vaſtes mers :
Un Dragon en ſortit qui jettoit dans les airs,
(J'en ai l'ame encor toute émuë,)
Des torrens de feux & d'éclairs.
Enfin ces étrangers conſervant leurs viſages,
Mais aïant certain vêtement,
Néceſſaire ſans doute, à cet enchantement,

B

Des

Devinrent tout-à-coup d'étonnans perfonnages :
　　C'étoit des Dieux & des Héros ;
Ils l'étoient en effet ; car avec certains mots,
　　Dont ils frapperent nos oreilles,
La crainte ou le refpect, la joie ou la douleur,
A leur gré fe gliffoit au fond de notre cœur.
　　De ces dangereufes merveilles,
Mon efprit fagement fe fentit allarmer ;
Je ramenai Carite, & je fus m'enfermer
　　Pour ne point voir chofes pareilles.

CARITE.

J'en partis à regret, on y parloit d'aimer :
Un de ces enchanteurs, fon nom, c'étoit Perfée ;
　　Je m'en fouviendrai plus d'un jour ;
Il aimoit Andromede, & lui parloit d'amour ;
　　Vous me veniez d'abord en la penfée.
Tout ce qu'il exprimoit me paroiffoit fi doux ;
Pour mes yeux c'étoit lui, pour mon cœur c'étoit vous.

LISIS.

Cette naïveté la rend plus adorable.
Carite, croïez-moi mieux que ces enchanteurs,
　　Vous poffedez l'art admirable,
　　De vous affujettir les cœurs.

MIRTO.

Vraiment vous ignorez la fuite épouvantable,
　　Du pouvoir de ces démons-là.
Je ne fçais de leur voix quel charme s'exhala,
　　Mais depuis, chacun dans Abdere,
Eft à les imiter fans relâche occupé :
　　On ne connoît plus d'autre affaire.
Nicandre mon Epoux, & je m'en défefpere,
De la contagion paroît le plus frapé.

LISIS.

Diffipez ces fraïeurs, perdez votre trifteffe ;

Cette

Cette puiſſance enchantéreſſe,
Dont la nouveauté vous ſéduit :
N'eſt qu'une ingénieuſe adreſſe,
Pour amuſer le cœur, pour embellir l'eſprit.
Les plus ſages peuples de Grece,
De ces utiles jeux font leur plus grand plaiſir.

C A R I T E.

Ah ! que vous me plaiſez ! nous pourrons en joüir;
J'avois grand' peine à les haïr,
Ils parlent ſi bien de tendreſſe !

M I R T O.

Bon, des jeux ! ces jeux rendent fous !
A les repréſenter tout Abdere s'applique,
Et pour s'en occuper, mon inſenſé d'Epoux,
Néglige la choſe publique,
Et tous les devoirs de chez nous.

L I S I S.

Mais quoi ! Phorbas, Anaximene,
Ses Collegues chargez comme lui de l'Etat ?....

M I R T O.

Bon : Phorbas eſt un ſot, Anaximene un fat,
Que la même fureur promene.
Sur ce que Nicandre préſcrit,
Phorbas eſt ſans ceſſe en extaſe,
Et répetant toujours mot pour mot ce qu'on dit,
Pourvû qu'il retourne la phraſe,
Il ſe croit un fort bel eſprit.

L I S I S.

D'accord.

M I R T O.

Anaximene eſt, ne vous en déplaiſe,
D'eſprit ſi gauche & ſi diffus :
On voit qu'il eſt tant à ſon aiſe,
Quand il ſaiſit le faux pour l'outrer encor plus.

Les

Les voilà: le bel affemblage!

(On voit Nicandre, Phorbas & Anaximene,
ridiculement parez de quelques fragmens d'habits
de Théatre, par-deffus leurs habits de Sénateur,
& faifant des actions de déclamation.)

O cela fait pleurer, les voir en cet état.

LISIS.

Ils aiment le métier: porter cet équipage,
  Dans le lieu même où fe tient le Sénat!

MIRTO.

Je vais... vous allez voir.

LISIS.

                 Eh! point de pétulance,
  Croyez-moi la patience
  Sert bien mieux que le courroux.

(à Carite.)   (à Mirto.)

Fiez-vous à mon cœur. Fiez-vous à mon zèle.
Je vais joindre Nicandre, & ramener à nous....

CARITE.

Ramenez; revenez, Lifis; dépechez-vous.

MIRTO.

O Minerve! de mon Epoux,
  Retournez un peu la cervelle.

(Elle fort avec Carite.)

SCE-

SCENE III.

LISIS, NICANDRE, PHORBAS, ANAXIMENE.

LISIS *(à Nicandre.)*

SEIGNEUR, mon retour m'eft bien doux ;
Tout m'appelle auprès de Nicandre.

NICANDRE.

Adieu Lifis.

LISIS.

J'ofe prétendre...

NICANDRE.

Pour les foins de l'Etat, il me faut vous quitter.

LISIS.

Sur une Scene tragique,
Je venois vous confulter.

NICANDRE *(avec complaifance.)*

Sur une Scene? Hé bien ; la République,
Le confeil achevé, pourra vous écouter.

SCENE IV.

NICANDRE, PHORBAS, ANAXIMENE.

NICANDRE *(affis entre les deux autres Sénateurs*
& regardant Lifis qui fort.)

C'EST un bon Citoïen, il n'eft pas fans mérite :
Qu'en dit Phorbas ?

PHOR-

PHORBAS *(avec enthousiasme.)*
Fort bien ! très bien !

(avec confiance.)
Du mérite ; il est vrai : mérite & citoïen.
ANAXIMENE.
Sans la frivolité, sans l'erreur qui l'agite,
D'accroître ses honneurs, ses titres & son bien,
Nous en ferions, je pense, un grand Comédien.
PHORBAS *(à Nicandre.)*
Le croïez-vous ?
NICANDRE.
Sans doute.
PHORBAS.
Il joûeroit bien je pense !
NICANDRE.
Des Rôles entre nous, il faut fixer le choix.
ANAXIMENE.
Je ferai les Héros.
NICANDRE.
Moi j'ai choisi les Rois.
(à Phorbas.)
Vous, Seigneur ?
PHORBAS.
Les Amans ! & c'est par convenance.
NICANDRE.
Fort bien ; mais à propos, il est tems de péser
Un intérêt qui paroît d'importance :
L'Envoïé de Sardis attend son audience ;
Il vient, dit-on, nous proposer
Un traité de commerce.
ANAXIMENE.
Il faudra qu'il differe ;
Un autre objet a droit de nous intéresser.
NICANDRE.
Nous avons un Théatre à faire,

Et

Et bien des Acteurs à dresser.
PHORBAS.
Il m'enchante : à dresser & le Théatre à faire.
UN ESCLAVE.
L'Envoïé de Sardis se présente.
ANAXIMENE.
Un moment.
Faut-il le recevoir dans cet ajustement ?
NICANDRE.
Peut-on être plus décemment,
Qu'en habit de Tragédie.
(a l'Esclave.)
Allez, qu'il vienne.
PHORBAS (à l'Esclave.)
Allez ; il peut venir.
ANAXIMENE (regardant le Tonnelet de Nicandre.)
Oui, ce grand appareil doit être à l'avenir
Notre habit de cérémonie.

SCENE V.

TERGALION & les Acteurs de la Scene précédente.

TERGALION (avant de s'asseoir, examinant les trois
Sénateurs.)
(à part.)
QUE vois-je! suis-je au Sénat !
(aux Sénateurs.)
C'est vous qui régissez l'Etat ?
NICANDRE.
Vous voïez les trois Chefs de notre République.
TERGALION.
(Il s'asseoit.)
Seigneurs ! Des Sardiens vers Abdere envoïé,

Je

Je viens ferrer les nœuds de l'alliance antique,
Que fonda la vertu, qu'affermit l'amitié. ...

NICANDRE.

Il débite avec grace.

ANAXIMENE.

Il a du Patétique.

NICANDRE.

Ah qu'il réuffiroit à joüer le Tragique !

PHORBAS.

J'y fongeois, au Tragique il pourroit réuffir.

TERGALION.

Quoi ! vous m'interrompez !

NICANDRE.

C'eft pour vous applaudir.
Pourfuivez; tout en vous, Seigneur, nous intéreffe.

TERGALION.

Le commerce en tous les Etats,
Eft la fource de la richeffe;
Refpectable Sénat, votre haute fageffe
Sans doute ne l'ignore pas.
Il eft tems que Sardis unie avec Abdere,
De cette reffource fi chere
Faffe naitre & fleurir l'avantage certain :
O Mercure ! protege un fi jufte deffein !

*(Tergalion dit ces derniers Vers avec embaras,
parce qu'il voit les Sénateurs diftraits, & s'agi-
tant comme s'ils répetoient un Rôle, ne s'occu-
pant plus de lui.)*

Que vois-je ! quel eft ce délire !
Sénateurs, répondez. On ne m'écoute pas.
ANAXIMENE *(regardant l'Ambaffadeur fans le voir.)*
Votre fille vivra je puis vous le prédire,
Cet oracle eft plus fûr que celui de Calchas.

TERGA-

TERGALION.

On m'outrage : La Grece....

NICANDRE.

Eſt trop inquiétée,
De ſoins plus importans, je l'ai cru agitée :
Ce n'eſt pas-là le ton , je me ferois ſiſler.

TERGALION.

Quel Démon vient donc les troubler !

(Regardant Phorbas *qui rêve avec un air attendri.)*
Celui-ci me paroit plus ſage ;
Que dites-vous, Seigneur, de cet outrage ?

PHORBAS.

Dans ces tendres inſtans, j'ai cent fois éprouvé,
Qu'un mortel peut goûter un bonheur achevé.

(Les Sénateurs qui répétoient à-demi bas , ſe met-
tent ſucceſſivement à déclamer tout haut , & tous
trois en même tems , ſe promenant ſur le Théatre ,
& tantôt s'aſſeyant.)

Ah ! lorſque pénétré d'un amour véritable ,
Et gémiſſant aux pieds d'un objet adorable ,
J'ai connu dans ſes yeux , timides ou diſtraits ,
Que mes ſoins de ſon cœur avoient troublé la Paix.

ANAXIMENE *(qui a commencé en même tems que*
Phorbas a dit Ah ! lorſque pénétré &c.)
La gloire m'excitant , d'un vol audacieux
J'ai fait la Guerre aux Rois , je la ferois aux Dieux.
Héros , votre valeur rivale du Tonnerre ,
Vous fait plus que les Rois , les maîtres de la Terre.

NICANDRE *(déclame auſſi en même tems que*
les deux autres.)
La Grece en ma faveur , eſt trop inquiétée ,
D'un ſoin plus important , je l'ai cru agitée ,
Seigneur , & ſur le nom de ſon Ambaſſadeur ,
J'avois dans ſes deſſeins conçû plus de grandeur.

B ſ

(Les

(*Les trois Sénateurs, en difant les deux derniers
Vers, marchent vers le fond du Théatre, &
baiſſent un peu la voix.*)

TERGALION.

Quel bruit ! Que d'impertinences !
Ce Sénat eſt majeſtueux :
On ne peut faire avec eux,
Qu'un commerce d'extravagances.

(*Il s'en va en les contrefaiſant par les geſtes &
les tons qu'il outre encore davantage ; & les Sénateurs ſe rencontrant nés-à-nés ſe taiſent tous à
la fois, ſortant tout-à-coup de leur diſtraction.*)

NICANDRE (*appercevant que l'Ambaſſadeur eſt ſorti.*)

Quoi ! tandis que nous déclamions,
L'Ambaſſadeur a quitté l'audience ?

ANAXIMENE.

Il a vû que nous répétions,
Il s'eſt retiré par prudence.

NICANDRE.

Songeons à mettre enfin un Théatre en état.

ANAXIMENE.

Hé bien, je vais dreſſer un décret du Sénat
Qui fixera la forme des couliſſes.

NICANDRE (*à Phorbas.*)

Et vous, Seigneur ?

PHORBAS.
Et moi...

NICANDRE.
Vous pouvez...

PHORBAS.
Oui, je puis....

N I.

NICANDRE.

Aller choisir des fleurs pour coëffer les Actrices.
J'aurai soin d'ordonner la pompe des habits.
(*Phorbas & Anaximene sortent; Nicandre reste.*)

SCENE VI.

NICANDRE, UN ESCLAVE.

L'ESCLAVE.

UNE Troupe, Seigneur, se montre ambitieuse
De vous plaire. Elle vient devant vous débuter.
NICANDRE.
Une troupe ! Elle est nombreuse
Sans doute ?
L'ESCLAVE.
Ils ne font qu'un.
NICANDRE.
Un ! Il faut l'écouter.
Cette Enigme me cause une surprise extrême.

SCENE VII.

NICANDRE & ARISTEME, (*que
l'Esclave produit.*)

NICANDRE.

QUE vois-je ! c'est Aristeme.
ARISTEME.
L'annonce a dû vous troubler,

Il n'en est pas moins croyable.
Quelle découverte admirable,
Seigneur, je vais vous réveler !
La Troupe la plus zélée
Sans soins n'est pas rassemblée.
Le goût du changement ou de la liberté,
La fortune, l'amour, la haute dignité,
Peuvent vous débaucher un Acteur régretable ;
Le penchant le plus raisonnable,
Par un frivole objet est souvent emporté.
J'évite par mon art cet embarras extrême,
De réunir long-tems les goûts & les humeurs ;
Apprenez mon secret : je suis, moi seul, moi-même,
Les Actrices & les Acteurs.

NICANDRE.
Vous méritez une statuë.

ARISTEME.
Le projet est hardi ! vous en verrez l'issuë :
Une Scene ou deux seulement,
Vous suffiront pour bien juger du reste.

NICANDRE.
Quel est le sujet ?

ARISTEME.
Le moment
De la reconnoissance & d'Electre & d'Oreste.
Vous êtes le public, songez à vous placer :
Allons, la troupe est prête.

NICANDRE (assis.)
Elle peut commencer.

(*Aristeme jette une robe qui cachoit ses habits ; il paroit vêtu en habit de Théatre, & tout-à-coup une barbe lui descend du menton, & une partie de sa coëffure devient une couronne.*)

ARISTE-

ARISTEME *(repréſentant Egiſte.)*

Egiſte, enfin le ſort va remplir ta vengeance,
Tu vois ton ennemi tomber en ta puiſſance,
Oreſte eſt dans ces lieux, par Alecton conduit:
Et tu vas le plonger dans l'éternelle nuit.
Sous le nom d'aſſaſſin, il a cru me ſurprendre:
D'Oreſte, diſoit-il, j'apporte ici la cendre;
Mais malgré ce rapport adroitement tiſſu,
A ſa ſecrete horreur, mon cœur l'a reconnu.
D'un menſonge inventé, je vais faire un oracle.
Tu ſuppoſois ta mort, j'en aurai le ſpectacle:
Electre qui d'un frere en toi voit l'aſſaſſin
Te cherche, & d'un poignard va te percer le ſein.
Mais, il vient, & je vois Electre qui s'avance:
Sortons, laiſſons au ſort le ſoin de ma vengeance.

(La barbe d'Egiſte diſparoît, il devient Oreſte.)

Oreſte, que ces lieux irritent ta douleur!
Palais d'Agamemnon, vous me frappez d'horreur.
Dieux! vous l'avez permis; le meurtre de mon pere,
Eſt pour comble d'horreur, le crime de ma mere;
Egiſte a conſommé ſes barbares fureurs:
Mais quelle eſt cette Eſclave? elle répand des pleurs!

*(Oreſte ne fait que ſe tourner, Electre paroît:
l'habit d'Ariſteme par le dos, repréſente celui
d'une Actrice, un maſque ſert de viſage. Electre
a un mouchoir & un poignard pendus à ſa
ceinture.)*

Electre.

(Tenant d'une main le mouchoir, & de l'autre un poignard.)

Ah je vois le perfide! O juſtice céleſte,
Condui mes coups! frappons . . . meurs aſſaſſin
    d'Oreſte!

                              Oreſte,

Oreste.

D'Oreste ! à m'immoler qui peut vous engager ?
Si vous sçaviez sur qui vous allez le venger.

Electre.

Il est mort par tes coups ; tu t'en vantes barbare,
Et tu doutes du sort qu'Electre te prépare ?

Oreste.

Vous, Electre !

Electre.

Cruel, pour remplir ta fureur.
Tu fis périr le frere, immole encor la sœur.
Oracles imposteurs, crédulité funeste !
Pourquoi m'abusiez-vous sur le destin d'Oreste !
Tout m'assure sa mort ! j'attendois son retour.

Oreste.

Ah calmez vos douleurs ! Oreste voit le jour.

Electre.

Il respire ? grands Dieux, je reverrois mon frere !

Oreste.

Il vient briser vos fers, venger la mort d'un pere.
Il ne vit que pour vous, pour finir vos malheurs.

Electre.

Il va paroître ! Il m'aime ! Eh quel garant ?

Oreste.

Mes pleurs.

Electre.

Vos pleurs ! mais Ciel !

Oreste.
Electre.

Electre.

Electre.

Ah ! par mon trouble extrême
Je vois...

Oreste.

Quoi... votre cœur !....

Electre.

Mon frere, c'est vous-même.

A R I S T E M E *(à Nicandre qui pleure.)*
Hé bien, la Troupe ?

N I C A N D R E.
Ah ! j'en suis enchanté.

A R I S T E M E.
Et vous trouvez qu'Electre joüe......

N I C A N D R E.
Avec tendresse & dignité.
Une reconnoissance à vous seul, je l'avoüe,
Est un morceau tout neuf & bien exécuté.
Vous voulez, je le sçais, entrer dans ma famille,
Je vais de votre Himen hâter les doux instans,
Je romps avec Lisis tous mes engagemens :
Il n'a que ma parole & le cœur de ma fille,
Des trésors, des vertus ; vous avez des talens.

A R I S T E M E.
Ah Seigneur ! par combien de Scenes
Vais - je vous assurer d'un cœur reconnoissant.

N I C A N D R E.
Allez faire dresser cet Acte intéressant,
Qui de l'Himen forme les chaînes.

(Nicandre se promene & imite ce qu'il a vû faire à
Aristeme, se tournant tantôt comme Electre, &
tantôt comme Oreste.)

S C E-

SCENE VIII.

NICANDRE, LISIS, MIRTO, CARITE.

LISIS (*parlant à Mirto, & à Carite, dans l'enfoncement.*)

Oui les Abdérites font fous,
D'aimer ainfi la Comédie.

(*Il apperçoit Nicandre.*)

Mais le voici. Sur fa manie,
Songez à le flatter ; ayez l'efprit plus doux.

MIRTO (*à Nicandre.*)

Je viens à vos genoux rougir de l'ignorance
        Qui me faifoit fi fottement,
        Exercer votre patience ,
        En condamnant obftinément ,
        L'ingénieux amufement ,
        Que j'accufois d'extravagance.
Quand je dirois que ma haute prudence ,
        Ma vive pénétration ,
        Ont démêlé l'illufion :
        Ce feroit mentir d'importance.
        Pourtant me pardonneroit-on ,
En faveur de l'effort, rarement efficace ,
        Qu'il faut qu'une femme fe faffe
        Pour revenir à la raifon.
De bonne foi, je veux bien vous le dire ,
        De mon ridicule délire ,
Lifis feul a détruit la folle impreffion.
        De votre aveu, je lui promis ma fille.
        Uniffons-le à notre famille.
Il fçait guérir l'efprit, croyez-moi, cher Epoux,

Un pareil empirique eſt un tréſor pour nous.
N I C A N D R E.
J'eſtime fort Liſis, je connois ſon mérite.
M I R T O.
Mais que décidez-vous ſur le ſort de Carite?
N I C A N D R E.
Je ſonge à ſon Himen.
C A R I T E.
J'y ſonge bien auſſi.
N I C A N D R E.
Votre Epoux eſt parfait.
C A R I T E.
Mon cœur me l'a choiſi.
N I C A N D R E.
Il a le geſte admirable,
L'intelligence, & la voix.
C'eſt Ariſteme enfin.
C A R I T E.
Liſis.
N I C A N D R E.
Voilà mon choix,
Un gendre qui déclame eſt toujours préférable.
L I S I S.
Le Seigneur Nicandre a raiſon.
M I R T O,
Peut-il l'avoir jamais? Quoi vous trouverez bon...
L I S I S (à Mirto.)
Calmez-vous, & me laiſſez faire.
(A Nicandre.)
Je dis raiſon.
C A R I T E.
Moi je n'en ai donc guére,
Liſis, de vous aimer ſi bien.

C
LISIS,

LISIS.

Peut-être en ma faveur son ame étoit séduite,
Quand il me promit que Carite
Uniroit son sort & le mien;
Il est juste, après tout, qu'il pese le mérite
Des Concurrens dont la poursuite
A pour objet un si grand bien.
Je l'avoûrai d'ailleurs, dussai-je lui déplaire,
Sur cet art devenu notre plus grande affaire,
Mon sentiment est différent du sien.

CARITE.

(à Lisis.)　　(à Nicandre.)
Non vraiment. Eh! n'en croyez rien.

LISIS (à Carite.)

Un moment.

NICANDRE.

Quel avis differe?...

LISIS.

La Scene entre les dons répandus par les Dieux,
Sans doute est la faveur aux mortels la plus chere.
Vous gouvernez l'Etat, & fixez dans Abdere,
Un Trésor si précieux!

NICANDRE.

Seigneur, tout y déclame! ai-je pu faire mieux?

LISIS.

Tristes habitans des Campagnes,
Quoi vous seriez réduits dans votre obscurité,
A vivre sans Théatre avec tranquillité!
L'innocente simplicité,
La paix & l'amitié, ses fidéles compagnes,
Feroient dans les vallons, même sur les montagnes,
Votre unique félicité!

NICANDRE.

Seigneur, vous me frappez par un trait de clarté;
Mais la grossiereté

D'une

D'une Bergere & d'un Pâtre,
Seroit-elle senfible à la fublimité
Des grands fentimens du Théatre?

LISIS.
J'ai formé des Acteurs, qui fans profe, ni vers,
Peuvent être entendus dans le vafte univers.

NICANDRE.
Comment eft-on faifi par des Scenes pareilles?
Quoi! fans profe, ni vers!

LISIS.
Leur art ingénieux
Parle à l'efprit, au cœur, fans frapper les oreilles.

NICANDRE.
Que fait le fpectateur?

LISIS.
Il ouvre de grands yeux.

NICANDRE.
Vous nous annoncez-là d'étonnantes merveilles.

(*Il paroît dans l'enfoncement deux Acteurs, en
attitudes de danfeurs.*)

LISIS (*montrant les danfeurs.*)
Soyez bien attentif, leurs difcours font précis.

MIRTO.
Difcourir fans parler, ce font contes frivoles.

CARITE.
Pourquoi? tenez, j'entens un gefte de Lifis,
Mieux que d'un autre les paroles.

(*Les danfeurs exécutent une danfe, qui repréfente
une intrigue d'amour.*)

NICANDRE. (*La Scene achevée.*)
C'eft la fin.

C 2

C A-

CARITE.
Ils m'attendrissoient.

LISIS (*aux danseurs.*)
Allez.

MIRTO.
Ils me divertissoient.

LISIS (*à Nicandre qui rêve.*)
Seigneur, vous gardez le silence,
Est-ce mépris, indifférence?

NICANDRE.
Pouvez-vous le soupçonner?
Seigneur, je vous admire & vous m'allez connoître:
Quiconque a la vertu que vous faites paroître,
Mieux que moi, dans Abdere, a droit de gouverner.
Je vous céde ma place.

LISIS.
Hé non.

NICANDRE.
Vaine replique,
Je vais vous y forcer par l'aveu du Sénat,
Charmé de procurer à notre République,
Un aussi grand homme d'Etat.

CARITE.
Me donnez-vous aussi?...

MIRTO.
Lisis lui plait & l'aime.
Après avoir promis, pouvez-vous hésiter?
Vous le sçavez, je suis la complaisance même,
Mais si vous croyez l'emporter...

NICANDRE.
Puis-je désesperer le Seigneur Aristeme!
Il a de grands talens; s'il alloit nous quitter:
J'abandonne en ce jour pour pouvoir m'aquitter,
A lui ma fille, à vous le rang suprême.

LISIS.

Quoi !

NICANDRE *(à Lisis.)*
Le Sénat bien-tôt s'assemblera,
Entre Aristeme & vous, c'est lui qui jugera.

MIRTO.
Le Sénat.

NICANDRE.
Ah! c'est Aristeme.
Anaximene suit & j'apperçois Phorbas,
Leur avis m'ôtera d'un embarras extrême.

CARITE.
Eh pourquoi sur cet embarras,
Ne me pas consulter moi-même?
Sur le choix d'un Epoux qu'est-ce qu'ils m'apprendront?
C'est moi qui dois l'aimer, c'est eux qui choisiront?

SCENE IX.

PHORBAS, ANAXIMENE, ARISTEME,
NICANDRE, MIRTO, CARITE,
LISIS.

NICANDRE *(à Anaximene.)*

HE bien!

ANAXIMENE.
J'apporte ici d'importantes nouvelles.
Le Théatre est dressé, formons vite les Chœurs.
Il contient, comprenant les aîles,
Mille ou douze-cens Acteurs.

NICANDRE. (à *Phorbas.*)
Nos Actrices, hé bien, vous avez eu pour elles,
De parfaitement belles fleurs?
PHORBAS.
Oui des fleurs parfaitement belles.
ARISTEME (*préfentant fon Contrat à Nicandre.*)
Vous êtes obéï, Seigneur, exactement ;
Voici cet Acte heureux, aimable dénoûment;
Qui conduit à l'himen...
NICANDRE.
Voyons ce qu'il expofe.
LISIS (*à Arifteme.*)
C'eft-là votre Contrat?
ARISTEME.
Oui.
LISIS.
Donnez.
ARISTEME.
Hé pourquoi?
LISIS (*rendant le Contrat, après avoir jetté les yeux
deffus.*)
C'eft-là votre Contrat?
ARISTEME.
Oui.
LISIS. (*à Nicandre.*)
Carite eft à moi.
(*à Arifteme.*)
Vous y renoncez, je le vois.
ARISTEME.
Moi?
LISIS.
Sans doute.
NICANDRE.
Comment?

LISIS.
Le contrat eſt en proſe.

ANAXIMENE *(avec indignation.)*
En proſe?

NICANDRE *(avec dédain.)*
En proſe?

PHORBAS *(imitant Nicandre.)*
En proſe?

ARISTEME.
Aſſurément.

LISIS.
Je ne le force pas, il le dit librement:
Je vous réclame ici profonde politique,
De ces illuſtres Chefs de notre République.
A combien de clarté nos yeux ſe ſont ouverts?
Depuis que nos eſprits devenus dramatiques,
Paſſent à déclamer les inſtans les plus chers.
Non, vous n'en doutez point, pour rendre à l'univers
Nos actes, vos arrêts à jamais autentiques,
Il faut dès cet inſtant qu'on les compoſe en vers.

NICANDRE.
O ſublime génie!

ANAXIMENE.
Il eſt digne d'un Temple.

LISIS *(tirant un Contrat.)*
J'établis à la fois le précepte & l'exemple.

NICANDRE.
Un Contrat poëtique: ah quelle autorité!

ANAXIMENE.
Modele ſéduiſant pour la poſtérité.

NICANDRE.
Liſez.

LISIS.
Ce fut.

PHOR-

PHORBAS.
Lifez.

NICANDRE *(à Phorbas.)*
Taifez-vous.

PHORBAS *(avec fatisfaction.)*
Qui, me taire.

LISIS.
Ce fut l'an mémorable où le Sénat d'Abdere,
Acquit de déclamer le talent falutaire,
Où Nicandre enflammé par un zele fi beau,
Fut le pere & l'honneur du Théatre au berceau;
Que l'amoureux Lifis, la charmante Carite,
La raifon les guidant, les plaifirs à fa fuite,
Sur la foi de l'eftime & l'ordre des amours,
Obtinrent de l'Himen qu'ils s'aimeroient toujours:
Le cœur fit le ferment, les parens l'approuverent,
Et pour le confirmer fourirent & fignerent.

*(Il arrache une plume que tient Arifteme, & la
préfente à Nicandre avec le Contrat.)*
NICANDRE *(fignant.)*
Je fuis charmé, je figne en cet acte, Seigneur,
L'époque de notre grandeur.

MIRTO *(fe jettant avec empreffement fur la plume.)*
Pour moi, c'eft un plaifir extrême:
Quand je me marierois moi-même,
Je n'aurois pas affurément,
Un plus parfait contentement.
Puiffiez-vous éternellement,
Joyeufement, fidellement...

CARITE.
Maman, dépêchez je vous prie.
(après avoir figné.)
Ah! je viens de figner le bonheur de ma vie.

LISIS *(signant.)*

Je suis plus sûr encor que vous signez le mien.

ARISTEME.

Mon espoir est tombé, sa flamme est applaudie,
Mon rôle c'est l'Amant? l'Epoux sera le sien :
    Il est peu d'Acteurs dans la vie
Qui d'un rôle éternel, s'aquittent toujours bien.

NICANDRE.

Pour couronner le jour de cet heureux lien,
Il faut sur le Théatre en célébrer la fête.

ANAXIMENE.

Et pour la préparer quatre jours seulement.

LISIS.

    La préparer ! elle est prête.

ANAXIMENE.

Prête déja ?

PHORBAS.

    Déja prête.

ANAXIMENE.

            Comment?
A peine arrivez-vous & pour ce soin pénible...

LISIS.

Je détruis par un mot ce grand étonnement;
    Aimez Carite un seul moment,
Vous ne verrez rien d'impossible.

NICANDRE.

Quel Trésor de sagesse !

MIRTO *(l'embrassant.)*

        Oh le Gendre charmant!

LISIS.

Plaçons-nous.

PHORBAS.

Oui plaçons.

LISIS.

Qu'on commence à l'instant.

(*La Fête commence.*)

VAUDEVILLE.

PArcourez, pesez mûrement
Les plus doux plaisirs de la vie;
Ce qui vous rit dans un moment,
Le moment d'après vous ennuye.
Non rien ne plaît si constamment,
Que de joüer la Comédie.

QUAND l'objet qui trahit vos feux,
A vous bien tromper s'étudie,
Si vous êtes bien amoureux,
S'il vous cache sa perfidie,
Vous êtes encor trop heureux
Qu'il ait joüé la Comédie.

COMPLAISANT, doux, ingénieux,
Damis plaira toute sa vie;
Vous ne lisez point dans ses yeux,
Que votre sottise l'ennuye.
Pour les sots, peut-on faire mieux
Que de joüer la Comédie.

C A-

CARITE.

Amour, que mon rôle est charmant!
Il me plaît plus je l'étudie :
J'épouse aujourd'hui mon amant
Pour mieux l'aimer toute ma vie.
Ah que d'aimer bien tendremeut,
Est une douce Comédie !

NICANDRE & PHORBAS
alternativement.

NICANDRE.

Un Amant conte les rigueurs
Que lui fait souffrir sa Silvie.

PHORBAS.

Que Nicandre connoît les cœurs !
Oui, les rigueurs on les publie.

NICANDRE.

Mais plus discret sur les faveurs,
Il doit joüer la Comédie.

Un Sot prétend vous amuser,
La plus laide se croit jolie,
Chercher à les désabuser,
Ce seroit bien une folie,
Un sage a de quoi s'excuser,
D'avoir joüé la Comédie.

Pour plaire, affecter chaque jour,
Les transports d'une ame attendrie,
Il vaut mieux même sans retour
Aimer tout le tems de sa vie.

L'état

L'état le plus dupe en amour,
Est de joüer la Comédie.

Oreste.

QUEL PLAISIR! je revoi ma sœur!

Electre.

Ah mon frere! j'en suis ravie:
Egiste a fait notre malheur.

Oreste.

Le perfide a perdu la vie,
Je viens de lui percer le cœur.

Electre.

O l'agréable Tragédie!

F I N.